LE
PAUVRE JACQUES.

COMÉDIE-VAUDEVILLE EN UN ACTE,

Par MM. Cogniard frères,

REPRÉSENTÉE POUR LA PREMIÈRE FOIS, SUR LE THÉATRE DU GYMNASE-DRAMATIQUE,
LE 15 SEPTEMBRE 1835.

PERSONNAGES.	ACTEURS.	PERSONNAGES.	ACTEURS.
JACQUES , vieux musicien..	M. BOUFFÉ.	AMÉLIE.................	Mlle HABENECK.
MARCEL, jeune poète......	M. DAVESNE.	ANTOINE, domestique d'A-	
BERNARD, propriétaire....	M. KLEIN.	mélie..................	M. BORDIER.

La scène se passe à Marseille, chez Jacques.

Le théâtre représente une pauvre mansarde. Au fond, à gauche du spectateur, une porte donnant sur le carré ; à droite, deuxième plan, une autre porte. Au milieu, au fond, une petite fenêtre ayant vue sur la mer. A droite, premier plan, un piano, sur lequel sont plusieurs feuilles détachées et une partition ; à gauche, premier plan, un buffet ; petite table, au fond ; au-dessus de la table, un casier contenant quelques livres et quelques cahiers de musique.

SCÈNE PREMIÈRE.
BERNARD, AMÉLIE.

(Au lever du rideau, la scène est vide. On entend frapper deux fois à la porte d'entrée du fond. Bernard entr'ouvre ensuite la porte.)

BERNARD, *la tête à la porte.* Peut-on entrer? personne ! (*Il entre.*) Où diable est-il ? (*A Amélie.*) Entrez, signora, entrez.

AMÉLIE. C'est ici?

BERNARD. Oui, signora.... Je suis désolé de vous avoir fait monter aussi haut.. mais quand on loue un appartement, on aime à tout voir soi-même... même les chambres de ses domestiques. Arrivée depuis peu à Marseille, et désirant vous y fixer pour quelques mois, vous ne pouviez mieux tomber que dans ma maison ; et je suis trop heureux de vous avoir rencontrée hier, à la soirée musicale de M. le préfet... Quel concert admirable !... Mes oreilles se dressent rien que d'y penser! Ce serait faire injure à la signora que de lui demander si elle est musicienne.

AMÉLIE. Mais... un peu.

BERNARD. Raison de plus pour devenir ma locataire ; car tel que vous me voyez, belle dame, je suis fou de la musique....

oh! mais fou à lier! .. Je ferais dix lieues à jeun pour assister à un concert... et j'ai la faiblesse de croire que j'y fais ma partie avec quelque agrément , jouant avec familiarité de tous les instrumens à vent.

AMÉLIE. Je sais, monsieur, que nous vous sommes redevables d'une foule de romances délicieuses... et celle d'hier..

BERNARD, *avec suffisance.* Oh! vous voulez parler de ma romance *Aux yeux bleus*... Quand vous connaîtrez mes *Cheveux noirs*, vous me jugerez mieux...... c'est ma romance favorite !.... Quelques personnes pourtant lui préfèrent ma *Barque d'azur*... Voilà quinze ans que je me livre à la composition.... mais j'ai la fatuité d'enfanter mieux que des romances. Je ne m'occupe de ces niaiseries, que pour peupler les pianos des dames de Marseille.

AMÉLIE. Vos romances vont plus loin, monsieur ; car elles se vendent dans toute l'Italie.

BERNARD. En vérité ! Eh! quoi.... le nom de Bernard voyagerait sur la terre classique de la musique?..... Que d'honneur !.... Ah! comment avez-vous pu, belle dame, abandonner ce beau sol, pour notre terre ingrate, anti-musicale?

AMÉLIE. Des affaires graves m'appe-laient en France.... D'ailleurs, quoique née en Italie... je suis d'origine française.

BERNARD. D'origine française? Alors, je ne m'étonne plus que vous ayez entre-pris un tel voyage..... jeune comme vous l'êtes... car la signora ne me paraît pas majeure... et... vous êtes venue...

AMÉLIE, *l'interrompant*. C'est donc cette chambre que vous destinez à mon domes-tique?

BERNARD, *à part*. Je ne saurai rien.

AMÉLIE. Vous m'aviez fait espérer mieux que cela; et je tiens beaucoup à ce que mon vieil Antoine soit bien logé.. car c'est plutôt un homme de confiance, un ami... qu'un serviteur.

BERNARD. Vous n'avez pas tout vu, belle dame; il y a encore une chambre et un cabinet, avec une autre sortie, ce qui est très-commode... Je ferai mettre un joli papier perse à vingt-deux sous le rou-leau, et ce sera délicieux..... une vraie bonbonnière. (*Il va vers la chambre de Jacques à droite.*) Si vous voulez voir l'au-tre pièce... (*Il va pour ouvrir la porte.*) Eh bien! la porte est fermée! (*Il regarde par le trou de la serrure.*) Allons, bon... il dort encore... à cette heure!... il n'en fait ja-mais d'autres.. je vais l'éveiller.

AMÉLIE. N'en faites rien, monsieur.... je ne veux déranger personne..... je re-viendrai.

BERNARD. Par exemple!.... je n'ai pas tant de ménagemens à prendre... c'est un très-mauvais locataire.... ça ne paie jamais son terme... il m'en doit quatre, et je suis las d'attendre.

AMÉLIE, *examinant le piano*. C'est un musicien... à ce que je vois.

BERNARD. Oui, signora.... un pauvre diable, venu je ne sais d'où... Il donnait des leçons de musique qui le faisaient vivre... mais la tête voyageait quelque-fois.... il avait des absences; et cela lui a fait perdre ses élèves.

AMÉLIE. Mais ne pourrait-on lui trou-ver un emploi?... Vous, monsieur, qui êtes connu de tout le monde musical, il vous serait facile de lui faire obtenir une place de musicien, au théâtre, par exem-ple.

BERNARD. Sans doute, si c'était un homme comme un autre.... mais je vous le répète, signora, le pauvre diable a le cerveau dérangé.... Ce n'est pas précisé-ment un fou.... car il a des momens luci-des... par exemple, quand il s'agit de mu-sique... Oh! alors, il semble avoir recou-vré toute sa raison... son œil s'anime, pé-tille..... il court à son piano, et exécute d'inspiration des morceaux..... que je ne désavouerais pas, foi de Bernard!.. mais bientôt il retombe dans sa stupeur..... il parle à un être chimérique... et dans sa fo-lie, il fait faire les répétitions d'un opéra qu'il se figure avoir composé.... ouvrage sans doute aussi imaginaire que l'être fan-tastique que sa démence lui a créé... Sou-vent encore il passe des heures entières, la tête appuyée contre cette petite fenêtre, il guette l'arrivée d'un bâtiment, et dès qu'il en voit entrer un dans la rade.. zest! il descend les escaliers quatre à quatre.... il court sur le port, examine avec soin tous les passagers qui débarquent... puis il revient tristement chez lui.

AMÉLIE. Le pauvre homme!

BERNARD. Vous comprenez qu'il n'est pas besoin de se gêner pour un individu à demi fou... et qui ne paie pas son terme. (*Il va vers la chambre de Jacques.*)

AMÉLIE. Arrêtez,... Votre récit m'a vi-vement intéressée.. et, pour tout au mon-de, je ne voudrais pas être la cause du renvoi de ce pauvre musicien.

(*Elle va vers le piano, et regarde la musique qui se trouve dessus.*)

BERNARD. Soyez tranquille, signora, tout s'arrangera... A la rigueur, je pour-rais vous donner le logement de son voi-sin, un poète.. un jeune homme qui s'est déclaré l'ami, le protecteur du vieux mu-sicien.... c'est un garçon de génie.... à ce qu'on dit... Pauvre chose que le génie!

AMÉLIE, *qui tient un papier de musique*. Ceci est étrange!

BERNARD. Qu'y a-t-il, belle dame?

AMÉLIE. C'est votre musique d'hier au soir, que je trouve ici, écrite à la main.

BERNARD, *embarrassé*. Ma... musique...

AMÉLIE. Voyez.

BERNARD, *avec embarras*. Ah! oui.... oui... C'est que je donne souvent à ce pau-vre diable ma musique à copier. (*A part.*) Le drôle qui avait le double... Si l'on sa-vait qu'elle est de lui, je serais perdu de réputation... (*Haut.*) Ah! je crois enten-dre votre domestique.

⚬⚬⚬⚬⚬⚬⚬⚬⚬⚬⚬⚬⚬⚬⚬⚬⚬⚬⚬⚬⚬⚬⚬⚬⚬⚬⚬⚬⚬⚬⚬⚬⚬⚬

SCENE II.

AMÉLIE, BERNARD, ANTOINE.

BERNARD, *à Antoine*. Eh bien! mon-sieur Antoine, avez-vous visité les caves et les écuries?... tout est-il convenable?

ANTOINE. Parfaitement.... et j'engage

ma maîtresse à se fixer dans cette maison.

AMÉLIE, *allant près d'Antoine.* Alors, Antoine, entendez-vous avec monsieur pour votre logement, et ce sera une affaire terminée.

BERNARD. Si vous voulez voir le logement du poète ?

AMÉLIE. Antoine vous dira s'il lui convient.

ANTOINE. Oh! mon Dieu! ce n'est pas la peine; je serai toujours bien. (*Bas à Amélie.*) D'ailleurs, madame, j'ai besoin de vous parler.

AMÉLIE, *bas à Antoine.* Aurais-tu découvert quelque chose ?

ANTOINE, *bas.* Je l'espère.... Venez.... Je vais vous conter cela.

AMÉLIE, *bas.* Oh! à l'instant... (*Haut.*) Monsieur Bernard, je loue votre appartement : avant peu je viendrai en prendre possession.

BERNARD. Belle dame, je suis ravi d'avoir dans ma maison une personne dont le rang, la beauté, le talent musical...

AMÉLIE. Pardonnez.... Une affaire très importante m'occupe en ce moment.. partons, Antoine.

SCENE III.
Les Mêmes, MARCEL.

MARCEL, *entrant vivement, un papier à la main.* Mon cher ami, voilà mon chœur final.... (*S'arrêtant tout à coup.*) Pardon, madame.

AMÉLIE, *à part.* Encore ce jeune homme!

MARCEL, *à part.* Ah! mon Dieu! mon inconnue du bord de la mer !

ANTOINE, *à part.* Nous rencontrerons donc toujours cette figure-là...

BERNARD, *à Amélie.* C'est le voisin..... le poète dont je vous parlais...

AMÉLIE. Oui, oui... je connais monsieur... j'ai causé une fois, je crois...

MARCEL. Oui, madame... ou mademoiselle..... c'est moi..... sur les bords de la mer.....

ANTOINE. Partons-nous, madame?

AMÉLIE. Oui, partons.

AIR *de Gustave,*
ou *Venez, paresseuse, à votre leçon.* (Des Danseuses à la classe.)

ENSEMBLE.
AMÉLIE.

Faut-il que j'espère?
Dois-je encore souffrir?
Ce profond mystère
Va-t-il s'éclaircir?

MARCEL.

Ici quelle affaire
L'a donc fait venir?
Si c'est un mystère
Comment l'éclaircir.

BERNARD.

C'est ma locataire
Pour moi quel plaisir !
Pour toi, pauvre hère,
Tu vas déguerpir.

ANTOINE.

Venez, car, j'espère,
Vos maux vont finir,
Ce profond mystère,
Je puis l'éclaircir?

MARCEL.

Près de mon inconnue
Mon ame est tout émue.

AMÉLIE, *à Bernard.*

Je vous quitte à regret.

BERNARD.

Quel plaisir! ma maison se trouve au grand complet

REPRISE DE L'ENSEMBLE.

(*Marcel salue timidement Amélie qui sort avec Bernard et Antoine*)

SCENE IV.
MARCEL, *seul.*

Elle !...elle!.. chez lui...chez Jacques!... que venait-elle faire ici ?... chez le pauvre Jacques !... elle m'a reconnu !... et moi je suis resté là, sans pouvoir trouver une seule parole... (*Il va regarder à la fenêtre.*) Elle s'en va... si je la suivais ?... en connaissant sa demeure, je pourrais peut-être en apprendre davantage... c'est une folie, je le sais, mais n'importe... c'est plus fort que moi. (*Il va vers la porte de Jacques.*) Prévenons Jacques... ou plutôt... non... il me questionnerait... je l'entends... laissons-lui mon chœur final, et courons.

(Il sort après avoir placé son chœur final sur le piano.)

SCENE V.
JACQUES, *seul.*

(Jacques sort de sa chambre à droite..; Il paraît tout à la fois distrait et pensif... après avoir fait quelques pas inégaux sur la scène, il court tout-à-coup à la fenêtre; il appuie sa tête sur un des côtés, et regarde la mer en soupirant. Bientôt il quitte la fenêtre, et vient tristement s'asseoir sur le devant à gauche. Il tire de sa poitrine une petite lettre toute usée et du lit. Musique à l'orchestre pendant cette entrée. Il lit :)

« Pars, fuis, mon cher Jacques; je » volerai sur tes traces aussitôt que je » pourrai... bientôt nous nous reverrons ! » (*Répétant sans lire.*) « Je vo-

» lerai sur tes traces aussitôt que je
» pourrai, bientôt nous nous reverrons.»
(*Avec tristesse.*) Il y a vingt ans qu'elle a
écrit cela...et elle n'est pas encore arrivée..
l'âge ou plutôt la souffrance a déjà ridé
mon visage...et elle n'est pas encore arrivée.
pourtant ces paroles que sa main a tracées..
(*Il baise la lettre à plusieurs reprises.*) Oh !
ce ne sont pas là des paroles légères... (*Il
relit.*)« Je volerai sur tes traces aussitôt
que je pourrai. » C'est qu'elle n'aura pas
pu...mais je suis tranquille...elle viendra...
oh ! oui ! elle viendra, car elle sait bien
que je l'attends... que je l'attends depuis
vingt années !...(*Il plie sa petite lettre avec
soin, et la cache dans son sein.*) Mariana !...
chère Mariana ! voyons encore... (*Il se
lève, et va regarder à la fenêtre.*) Rien, que
des bateaux de pêcheurs !... (*Il revient sur
le devant.*) Allons, ce ne sera pas encore
pour aujourd'hui...mais demain peut-être.
Attendons demain.

Air : *Muses des bois et des accords champêtres.*

> Demain, demain !.. ce mot qui nous console,
> Vient à mon cœur apporter quelqu'espoir;
> Mariana !.. mon bonheur, mon idole !
> Dépêche-toi si tu veux me revoir.
> Quand chaque jour mes forces me trahissent,
> De plus en plus lorsque tremble ma main,
> Quand j'aperçois mes cheveux qui blanchissent,
> Plus bas, vois-tu, je murmure...à demain ! (*bis.*)

Allons, allons, chassons ces idées-là...
(*Il va vers son piano, et aperçoit le papier
que Marcel y a laissé.*) Qu'est-ce que cela ?...
mon chœur final !..... ah ! tant mieux.....
Marcel est déjà venu...bon jeune homme !
il n'aura pas voulu m'éveiller. (*Il lit le
chœur.*) Très-bien !...comme tout le reste...
son poème est admirable... et moi... oh !
j'en suis sûr, ma musique est belle aussi...
cette nuit, pendant le silence, tout seul...
là... j'ai exécuté mon ouverture... et à l'é-
motion que j'ai éprouvée... oui, j'en suis
sûr, ma musique est belle ! et s'ils veulent
l'entendre... je ferai ce chœur après déjeuner... Voyons... déjeunons. (*Il va ouvrir
le buffet qui est à gauche du théâtre.*) Tiens,
il n'y a plus rien. (*Il referme le buffet.*) Ah !
c'est vrai !... j'ai mangé hier pour mon
souper les deux poires qui me restaient...
c'est dommage, j'aurais bien mangé aujour-
d'hui !...mais il faudrait encore demander
du crédit au boulanger... je ne veux pas...
d'ailleurs, il est déjà tard, et la journée
sera bientôt finie !...Pensons à Mariana !...
à mon opéra !... faisons ma musique, et
j'oublierai mon estomac... Voyons le premier vers.

> Soldats, célébrons sa victoire.

(*Il fredonne, puis va vers son piano, et range des
feuilles de musique en désordre.*)

SCÈNE VI.

BERNARD, JACQUES, *à son piano.*

BERNARD, *entrant.* Ah ! le voilà... il est
seul, bon !...en disposant de son logement,
je lui donnerai cette petite chambre qui
est au fond de la cour... De cette manière,
je l'aurai toujours sous la main, pour avoir
sa musique. (*Haut.*) Mon cher Jacques.

JACQUES, *se levant.* C'est un chœur de
triomphe... j'y mettrai un accompagne-
ment de trompettes... En général, les
cuivres font bien... quand on n'en abuse
pas...

(*Il fredonne en cherchant.*)

> Soldats, célébrons sa victoire.

BERNARD. Monsieur Jacques...

JACQUES, *chantant toujours.*

> Célébrons, célébrons sa victoire.

BERNARD, *plus haut.* Bonjour, mon cher
Jacques.

JACQUES. Hein !... Ah ! c'est vous, monsieur Bernard ?... ah ! mon Dieu ! vous
venez peut-être chercher vos deux romances ?

BERNARD. Non, pas précisément ; mais
je les emporterai par la même occasion...
je viens pour vous dire...

JACQUES, *quittant le piano.* Oh ! je suis
bien fâché ; mais je n'ai pas eu le tems...
la musique n'est pas faite... j'étais malade
hier... je me suis couché de bonne heure.

BERNARD, *finement.* C'est donc ça que je
vous ai entendu faire de la musique jusqu'à près de deux heures du matin ?...
hein ?

JACQUES, *embarrassé.* Comment ?

BERNARD. J'ai laissé ma fenêtre ouverte
exprès pour vous écouter.

JACQUES, *de même.* Vous avez entendu...

BERNARD. Une symphonie admirable...
tudieu ! quelle vigueur !

JACQUES. Vous l'avez trouvée belle ?

BERNARD. C'est un chef-d'œuvre... ah !
ça, d'où est-ce tiré ?

JACQUES, *le tirant à part, et en confi-
dence.* C'est tiré de là... (*Il se frappe le
front.*) Mon opéra est terminé ! C'est mon
ouverture que vous avez entendue.

BERNARD. Vraiment ?... Diable !... (*A
part.*) Je m'en doutais...

JACQUES. Je n'ai plus à faire que le
chœur final.

(*Il se frotte les mains et cherche dans sa tête en
répétant.*)

> Soldats, célébrons sa victoire.
> Célébrons, amis, célébrons...

BERNARD, *à part.* Un opéra !...un opéra !

oh! si je pouvais.....: ce diable-là a du talent... quel honneur ça me ferait dans tout Marseille !... Voyons un peu.

JACQUES, *fredonnant.*
Sa victoire, sa victoire.
Pram! pramm ! pramm !

BERNARD. Vous voilà dans le feu de la composition !... Pauvre Jacques !... Quel malheur que tant de peines soient inutiles !... quel malheur que ce travail , le fruit de votre talent et de vos veilles soit perdu !

JACQUES. Perdu !... et pourquoi cela ?

BERNARD. Pourquoi ?... eh ! mon cher ami... parce que votre ouvrage ne sera jamais représenté... que vous ayez composé votre musique dans le but d'occuper vos loisirs ; je le conçois ; mais que vous espériez la voir exécuter... raisonnablement, cela ne se peut pas ?

JACQUES. Cela ne se peut pas.

BERNARD. Vous n'irez pas sans doute vous présenter au grand théâtre... Vous savez fort bien qu'on ne voudrait seulement pas vous entendre.

JACQUES. Et pourquoi ?... est-ce parce que mon costume annonce la souffrance et la pauvreté ?

BERNARD. Hélas ! mon cher... ce n'est que trop vrai ! et malheureusement, de toutes les professions, la vôtre est la plus à plaindre... Le peintre, lui, quand il a achevé son tableau, il dit à la foule : Regardez, et la foule applaudit à son chef-d'œuvre, quand chef-d'œuvre il y a... mais le musicien, il faut qu'on l'écoute... qu'on exécute sa musique, pour la juger..... et quand la misère l'accompagne, on s'en éloigne avec défiance, on le repousse..... Hélas! mon pauvre ami! c'est cruel à dire... mais, croyez-moi, votre partition mourra avec vous.

JACQUES, *avec chagrin.* Ma partition mourir avec moi ! oh ! non... elle doit me survivre, immortaliser mon nom peut-être.

BERNARD. Oui, si vous parvenez à trouver un orchestre pour l'exécuter... Mais ce ne sera pas à Marseille... Il faudrait pour cela trop de protections... il faudrait connaître le directeur du grand théâtre, être son ami..... avoir déjà une position musicale.

JACQUES, *avec désespoir.* Mon opéra perdu !... mes veilles, mes travaux... perdre tout cela !

BERNARD. Il y aurait bien moyen de le faire représenter... mais vous ne le voudriez pas.

JACQUES. Je ne voudrais pas !.... Oh !

mais, pourquoi me dites-vous ça ?... je ne voudrais pas... Ah ! parlez... parlez !...

BERNARD. Écoutez-moi, mon cher Jacques... Un véritable artiste se soucie peu des flatteries du monde... de cette gloriole que procure un succès... sa récompense à lui, c'est d'écouter son ouvrage , de jouir de l'émotion de la multitude... d'entendre les applaudissemens qu'il fait naître !.. Son ame alors est heureuse et fière ! mais fière seulement du cri de sa conscience qui lui dit : Bravo ! tu as bien fait !... Le reste n'est que fumée... pure fumée.

JACQUES. Où voulez-vous en venir avec votre fumée ?

BERNARD. J'arrive au fait, mon cher monsieur Jacques..... Puisque dans vos mains votre ouvrage serait perdu ; puisqu'il ne peut arriver à la publicité que par un canal étranger... de même que vous m'avez cédé vos romances, cédez-moi votre opéra... et je m'engage à le faire représenter avant trois mois.

JACQUES. Vendre mon opéra !.... oh ! jamais, jamais, monsieur.

BERNARD. Vous préférez le perdre, n'est-ce pas ?... à votre aise !.... Songez-y..... je suis connu, j'ai de la réputation, je suis riche... Le directeur s'empressera de mettre l'ouvrage à l'étude, s'il m'en croit l'auteur; tandis qu'il refusera net, s'il sait qu'il est de vous... Que vous importe qu'on jette au public les noms de Jacques, Pierre ou Paul ?... ce qu'il vous importe, c'est d'entendre exécuter votre musique... c'est de voir tout ce que la ville a de mieux réuni au théâtre ; car je vous aurai la meilleure loge... Entendez-vous d'ici frapper les trois coups d'annonce.... pomb.... pomb.... pomb... L'ouverture commence... un silence religieux règne dans toute la salle... et ce silence n'est interrompu que par les bravos, les trépignemens de l'assemblée.

JACQUES, *transporté.* Je verrais tout cela !

BERNARD. Vous verrez tout cela. Remettez-moi votre manuscrit aujourd'hui ; et je vous donne une quittance des quatre termes arriérés, de l'argent que vous me devez... et de plus, je joins à tout cela un beau billet de cinq cents francs.

JACQUES. Cinq cents francs !... et je verrais jouer mon opéra... (*A part.*) Cinq cents francs !... et je pourrais, en abandonnant cette somme à Marcel, reconnaître ce qu'il a fait pour moi jusqu'à ce jour.

BERNARD. Eh bien ?

JACQUES, *avec hésitation.* Eh bien !... eh bien... nous verrons... je ne dis pas non... Vous me pressez tant !

BERNARD. C'est une affaire conclue.....

Allons, mon ami, donnez-moi votre partition ; et dans une heure, je vous apporte la somme.

(Il va vers le piano.)

JACQUES, *allant vite prendre sa partition, et la serrant contre lui.* Que je vous donne mon opéra !.. comme cela... tout de suite... Oh ! non... pas encore.

AIR *des Amazones,* ou *Que parlez-vous ici de gloire.*

Eh quoi? sitôt... lui, quitter ma demeure,
Ah ! laissez-moi retarder ce moment...
Depuis cinq ans... chaque jour... à toute heure,
Du pauvre Jacques il calme le tourment !
C'est mon ami, monsieur, c'est mon enfant !
C'était ma vie et ma seule espérance !
Auprès de moi qu'il reste encore un peu ;
Après cinq ans... c'est bien le moins, je pense,
Qu'en se quittant on se dise un adieu. (*bis.*)

BERNARD. Oh ! soit !... je veux bien attendre... mais donnant, donnant... Je vais chercher votre quittance, vos cinq cents francs... et tout sera dit... Au revoir. (*Il fait quelques pas pour sortir, et revient à Jacques.*) Surtout, pas un mot... vous comprenez.

JACQUES. Oui, oui...

(Il considère avec amour son opéra. Bernard va sortir, lorsque Marcel entre.)

SCENE VII.

JACQUES, *absorbé;* MARCEL, BERNARD.

MARCEL, *entrant.* Encore le propriétaire.

BERNARD. Ah ! c'est vous, monsieur Marcel... Eh bien ! jeune homme, avez-vous enfin de l'argent à me donner?

MARCEL. Non, monsieur... mais j'espère que bientôt...

BERNARD. Bientôt, bientôt... c'est là votre refrain... On a beau être patient... on se lasse, mon cher ami... et ma foi, je vous préviens qu'avant peu vous aurez de mes nouvelles... Bonjour.

(Il sort.)

SCENE VIII.

MARCEL, JACQUES.

MARCEL. Qu'est-ce qu'il veut dire?... j'aurai de ses nouvelles... ça m'est bien égal !... ce n'est pas lui qui m'occupe... Impossible de la suivre... ses chevaux allaient si vite... j'ai eu beau courir derrière la voiture... il a fallu y renoncer... et je n'en sais pas davantage.

JACQUES, *assis auprès du piano.* Cinq cents francs !.. un navire... à Palerme...

à Palerme bien vite!... que je la revoie encore une fois avant de mourir.

MARCEL. Allons, voilà mon pauvre ami dans un de ses mauvais momens... Palerme!... ce mot lui revient sans cesse... lorsque sa raison s'égare...

JACQUES. Cinq cents francs !... et de la gloire.

MARCEL. Toujours ses rêves de fortune et de bonheur !.. (*Il s'approche de Jacques.*) Monsieur Jacques...

JACQUES, *sortant de sa préoccupation.* Ah ! bonjour, Marcel.

MARCEL, *lui serrant la main.* A la bonne heure.

JACQUES, *se levant.* Eh bien ! mon ami, quoi de nouveau?

MARCEL. Rien de bon... Je suis allé de grand matin chez mon libraire : il refuse d'acheter mon second volume de poésies... Il prétend que mon premier a été payé trop cher, et que les journaux n'en ont pas même encore rendu compte.

JACQUES. Il fallait aller chez un autre.

MARCEL. C'est ce que j'ai fait... mais je rougirais de vous dire combien il m'a offert... et encore... un billet à trois mois d'échéance... et qu'il ne paierait pas peut-être... Oh! les libraires, les libraires!... bande noire liguée contre le talent.

JACQUES. Les barbares !... des vers aussi beaux !

MARCEL. Et cela, parce que je n'ai pas de barbe pointue... de chapeau ridicule... de canne extravagante !

JACQUES. Au fait, mon ami, pourquoi n'auriez-vous pas aussi une barbe pointue... un chapeau ridicule... ou une canne extravagante ?... puisqu'il paraît que ça indique le génie... Les éditeurs alors vous accueilleraient mieux.

MARCEL. Être sous leur dépendance, à leurs ordres !... (*Se frappant la tête.*) Et sentir là quelque chose qui bouillonne... qui vous dit : « Tu parviendras..... tu es poète !... »

JACQUES. Au surplus, mon ami, consolez-vous... vous saurez...

MARCEL, *à part.* Ah ! pourvu qu'elle lise ! peu importe le reste.

JACQUES. Hein? Je vous disais donc que j'ai une bonne nouvelle à vous annoncer.

MARCEL, *à part.* Quel malheur de ne pouvoir connaître sa demeure.

JACQUES. Ah ça ! Marcel, qu'avez-vous donc ?... vous voilà aujourd'hui comme vous étiez hier, comme vous étiez avant-hier... tout triste et préoccupé..... Savez-vous que cela commence à m'inquiéter ?

MARCEL. Vous inquiéter?

JACQUES. Oui ; vous n'êtes pas gentil depuis plusieurs jours... vous êtes cachotier... vous me cachez quelque chose qui vous tourmente... oh ! j'en suis sûr.....
Voyons, à qui confierez-vous tous vos chagrins... si ce n'est à votre vieux Jacques?... Est-ce qu'il n'a plus votre confiance, votre amitié?

MARCEL. Oh ! vous ne le pensez pas... vous, mon seul ami.,. Oh ! tenez, je ne veux pas vous cacher cela plus long-tems.

JACQUES. A la bonne heure.

MARCEL. Apprenez donc... que je suis amoureux... amoureux fou.

JACQUES. Amoureux !

MARCEL. Vous allez me traiter d'extravagant, je le suis, j'en conviens... mais si vous saviez comme elle est jolie !.. c'est une étrangère... une jeune dame aussi riche que belle...depuis peu, je crois, arrivée à Marseille... Elle se nomme Amélie... Son nom, c'est tout ce que j'ai pu savoir... Dix fois, je l'avais aperçue dans mes promenades... dix fois ses yeux avaient rencontré les miens... . et allumé là une passion ardente... Avant-hier, je me promenais sur le bord de la mer, je pensais à elle... lorsque tout-à-coup je la vois à deux pas de moi.... comme une apparition !... Elle était assise. . elle lisait des vers qu'elle récitait tout haut, et une larme courait sur sa joue... Je crus rêver !... ces vers, mon ami, ils étaient de moi... Ah ! m'écriai-je alors, ne pouvant maîtriser ma joie : « Mille fois heureux le poète qui a pu vous inspirer de ses pensées !... mille fois heureux celui qui a pu vous agiter le cœur ! — Ce volume serait-il de vous, monsieur ? me demanda-t-elle. — Oui, madame, j'en suis l'auteur, » balbutiai-je. Alors, elle m'adressa, avec une grâce délicieuse, des louanges sur mon style, sur le choix de mes sujets... Je ne sais pas au juste ce qu'elle me dit ; car un voile couvrit mes yeux tout-à-coup... ma tête se perdit... je sentis mes jambes se dérober sous moi... et lorsque je revins à la raison... elle avait disparu... et je me trouvai assis sur les cailloux qui bordent la mer... et au beau milieu de l'eau.

JACQUES. Pauvre garçon !... lui aussi !

(Il devient rêveur et n'écoute plus Marcel.)

MARCEL. Ce n'est pas tout... Ce matin, je vous apportais le chœur final de notre opéra... eh bien! savez-vous qui je rencontre ici, à cette place, causant avec Bernard, notre propriétaire ?.. mon étrangère... encore mon étrangère !... comprenez-vous cela, Jacques?.. Hein!... vous ne m'écoutez plus?

JACQUES. L'amour!... oh! mon ami... prenez-y garde... de l'amour pour une dame du grand monde ! oh ! Marcel, prenez-y garde !... Jamais je ne vous ai parlé de moi... du passé.... vous m'avez vu pauvre et vieux, et vous m'avez tendu la main sans me demander davantage... il est tems que vous connaissiez mieux le pauvre Jacques... Venez vous asseoir près de moi, Marcel... (*Il dispose deux chaises sur le devant, à gauche.*) Oh ! c'est une histoire douloureuse, et qui va me rappeler des souvenirs amers... mais cette histoire vous sera utile... et il y aura du charme dans ma souffrance... car je vais parler d'elle.

(Il s'asseoit.)

MARCEL. D'elle?.. (*S'asseyant à la gauche de Jacques, et le regardant avec étonnement.*) Je vous écoute, mon ami.

JACQUES, *après avoir rassemblé ses souvenirs.* Je ne suis pas né pour être heureux, mon pauvre ami ; car j'étais tout petit quand je perdis ma mère ; et j'avais dix-neuf ans à peine, lorsque mon père mourut. C'était un digne et honnête homme, sans fortune, qui ne me laissa que quelques centaines d'écus. J'employai sa succession à lui donner une sépulture, et à acheter des habits de deuil... après quoi, il ne me resta rien... rien que du courage, ma liberté, et quelques talens en musique. Je restai en France pendant plusieurs années, tout en entier livré à mon art, pour lequel j'étais passionné. Une occasion se présenta de passer en Italie, je la saisis... car voir l'Italie, ce berceau de la musique, c'était le rêve de ma jeunesse !... Je partis, j'arrivai à Naples où je restai quelque tems,... puis, je visitai la Sicile, et je m'arrêtai à Palerme... Palerme ! séjour de joie et de douleur... Palerme !... ah ! ma tête devient brûlante, au seul souvenir de cette ville.

MARCEL. Remettez-vous.

JACQUES. Oui, oui... J'étais muni de lettres de recommandation pour les premières maisons du pays, et j'acquis bientôt dans les salons une espèce de célébrité comme musicien exécutant, et plus encore comme compositeur... C'est à cette époque que je fis connaissance du comte San-Marco... homme fier et dur... Un sort funeste le jeta au-devant de moi... Mon talent lui plaisait ; il m'invita à ses soirées, et voulut que je devinsse le professeur de sa fille... O mon ami ! qu'elle était différente de son père !... Rien d'aussi parfait n'avait encore frappé mes yeux... c'était

un ange., c'était la vierge de Raphaël.....
c'était le beau idéal !... On ne pouvait la
voir une seule fois sans l'aimer; et moi,
pendant six mois, je la vis tous les jours...
Et je ne sais comment cela se fit... car la
passion me rendait fou... mais un soir que
nous étions seuls, je me trouvai à ses
pieds... je balbutiai le nom d'amour... et
elle ne fut pas courroucée, et elle ne chercha pas à me fuir... car déjà Dieu avait
marqué nos deux ames pour s'aimer et se
confondre... Elle m'aimait!... elle m'aimait!

MARCEL. Que vous étiez heureux !

JACQUES. Heureux!... oh! oui, je l'é-
tais; cela tenait du délire?... Mais un
soir... ô mon ami!... un soir, on frappe à
la porte de ma modeste demeure... une
femme voilée se présente... c'était Mariana : « Jacques, me dit-elle, on veut me
marier; demain un odieux hymen s'ap-
prête, mon père me sacrifie... demain,
nous serons à jamais perdus l'un pour l'autre... mais je suis Italienne, et je t'aime...
Fuyons cette nuit... viens; un bâtiment
met une voile pour la France... J'y ai fait
arrêter notre passage... Viens, viens !..»
Que j'étais fier de tant d'amour !... Nous
partons, nous voilà sur le vaisseau... le
vent est propice... On donne le signal du
départ... je serre Mariana sur mon cœur...
des pleurs de joie inondent mon visage...
jamais je n'av...... Oh! mais quelle
est donc cette barque qui fait force de
rames ?.. (Il se lève, et paraît montrer à
Marcel la mer qu'il croit voir devant lui, et
vers laquelle il étend la main.) Tiens, Marcel, vois-tu, là-bas?... comme elle glisse
sur la mer... comme elle approche... La
voilà !... la voilà... (Marcel le fait rasseoir.
Un instant de silence, et il continue son récit.)
Mariana pousse un cri, et tombe évanouie...
C'est le comte, c'est son père !... ce sont
des soldats!... Ils m'arrêtent au nom du
grand-duc... ils me lient les mains... me
reconduisent à Palerme, et me jettent dans
un cachot... On instruit mon jugement...
Accusé de rapt, de séduction... j'allais être
condamné..... Comprends-tu, Marcel.....
c'étaient les galères... les galères !...

MARCEL. Les galères !.. mais comment
pûtes-vous échapper ?

JACQUES. Une nuit, la porte de ma
prison s'ouvre... une main me saisit, me
conduit dans l'ombre... me remet une
bourse pleine d'or... et une lettre... Cette
lettre, mon ami... cette lettre... « Pars,
fuis, mon cher Jacques. Je volerai sur
tes traces aussitôt que je pourrai... Bientôt
nous nous reverrons.» Je partis en effet,
un bâtiment me transporta à Marseille...

Oui !. c'est bien cela... (Une pause.) Ici ,
il y aura une lacune dans mon histoire....
car arrivé à Marseille... il se passa trois
années dont je ne puis me rendre compte...
si ce n'est que je fus bien malade... bien
malade... et qu'on me jeta beaucoup d'eau
sur la tête pour me guérir... Puis, un
matin, on me mit à la porte de l'hospice,
en me disant: « Mon brave, vous, êtes
bien à présent, bon voyage... » Il me
restait quelque argent... quand il fut épui-
sé, une vieille dame charitable pourvut
à mes besoins... mais elle mourut bientôt,
et je me trouvais seul au monde... tout
seul au monde, quand le ciel vous envoya
vers moi, Marcel, ô mon ami! Le bon
Dieu est bon... Sans vous, je serais mort.

(Il pleure et se penche sur l'épaule de Marcel qui
pleure aussi.)

MARCEL, après une courte pause. Et vous
n'eûtes jamais de nouvelles de votre Mariana?

JACQUES. Jamais !... les années s'accu-
mulèrent sur ma tête, et je n'entendis pas
parler d'elle !.. Tant que je fus jeune,
j'attendis une épouse... N'avait-elle pas
été ma femme devant Dieu ?... Mais à
présent je ne puis plus attendre qu'une
amie..... car, comme moi, Mariana
aussi a dû vieillir... et cette amie... Ah!
voyez-vous, Marcel... malgré les appa-
rences qui peuvent l'accuser à vos yeux...
elle viendra... elle viendra... elle viendra...
Attendez ... attendez...

(Il se lève et va regarder par la fenêtre. Motif de
musique qui doit revenir chaque fois que sa tête
s'égare.)

MARCEL , après la musique. Pauvre
Jacques !.... et voilà ce qui m'attend....
un amour sans espoir... Cette Mariana....
Elle l'aimait au moins.... Amélie!.... à
peine si elle m'a remarqué... Ah! je n'y
dois plus penser... Il faut prendre une
résolution... m'éloigner... partir !.. je le
puis... On m'a proposé une place de se-
crétaire sur un navire qui demain met à la
voile... (Il regarde Jacques.) Mais que
dis-je !.. il faudrait donc l'abandonner ,
lui!.. Oh! non... cela ne se peut pas.

JACQUES , se retournant. Rien encore !

(On frappe à la porte.)

MARCEL. Entrez.

(Antoine entre.)

MARCEL. Ce domestique... encore ce
domestique !...

SCENE IX.

ANTOINE, JACQUES, MARCEL.

ANTOINE, *à part.* D'après les renseigne-mens que j'ai pris, ce doit être ici... (*Haut.*) Monsieur Jacques?

JACQUES. C'est moi, monsieur.

ANTOINE. Vous. (*Il le considère avec intérêt et semble le reconnaître.*) Ma maîtresse désire vous voir.

JACQUES. Moi?

ANTOINE, *à part.* Pauvre homme! (*Haut.*) Elle m'envoie vous demander si elle peut se présenter chez vous aujourd'hui.

JACQUES. Comment donc! mais quand elle voudra.

ANTOINE. En ce cas, elle va venir...(*Il prend la main de Jacques et la serre dans les siennes.*) Elle va venir.

(Il sort.)

SCENE X.

JACQUES, MARCEL.

JACQUES *suit des yeux Antoine, et a l'air de chercher dans ses souvenirs.* Quel est donc cet homme?

MARCEL. Cet homme, mon ami... c'est le domestique de mon inconnue... d'Amélie... dont je vous ai parlé.

JACQUES. Vraiment.

MARCEL. Comprenez-vous quelque chose à une pareille visite? Cette jeune femme, chez vous aujourd'hui... pour la seconde fois.

JACQUES. En effet... c'est bizarre... ou plutôt c'est tout simple... Elle connaît ma profession, et elle vient pour prendre des leçons d'harmonie... ou pour me commander quelques romances.

MARCEL. Vous croyez?

JACQUES, *gaîment.* Dans tous les cas... ce ne peut être qu'un bonne aubaine. (*Il examine sa mise.*) Mon Dieu! je ne suis guère présentable comme ça... Dites-moi, Marcel, n'auriez-vous pas un habit à me prêter?... Vous savez, votre petit marron?

MARCEL. Volontiers... Je vais vous le chercher... (*Il se dispose à sortir, fait quelques pas, et revient auprès de Jacques.*) C'est comme un fait exprès... au moment où je veux l'oublier... la voilà qui revient... Oh! c'est égal... je suis bien décidé à ne plus m'en occuper... je ne m'en occuperai plus... Vous tâcherez de savoir qui elle est, n'est-ce pas, mon ami?.. ce qu'elle pense de moi... de mes poésies?

JACQUES. Oui, oui... Je songerai à tout cela quand je serai dans votre habit.

MARCEL. Je cours le chercher.

(Il sort.)

SCENE XI.

JACQUES, *puis* BERNARD.

JACQUES, *seul.* Quel malheur que la blanchisseuse n'ait pas rapporté ma chemise à jabot!.. Voilà comme on est... on met ces choses-là les jours ordinaires, et puis, dans les grandes occasions, ça vous manque!... Il est vrai que je n'en ai que deux, et quand l'une est... Je ne peux pas... Mes meubles ont bien besoin aussi d'être frottés... je néglige ça, et j'ai tort... (*Il se met à essuyer ses meubles avec son mouchoir.*) Cette visite me produit un effet singulier...... Oh! mais quel espoir!.. si cette dame est puissante et riche, comme le dit Marcel... Je pourrai peut-être, par sa protection, faire représenter mon opéra... Ce ne peut être que pour me faire du bien qu'elle vient me visiter... Le contraire lui serait difficile.

AIR *de Teniers.*

Depuis vingt ans que je vis d'espérances,
J'ai vu venir en mon pauvre réduit
Chagrins, tourmens, misères et souffrances,
Besoins affreux... et tout ce qui s'ensuit.
Des maux humains j'ai vu toute l'escorte:
Aussi, maintenant sans frayeur
Je vais ouvrir, quand on frappe à ma porte,
Je n'attends plus que le bonheur. (*bis.*)

Quelle joie, si je pouvais conserver ma partition, et dire à tous: C'est ma musique... c'est l'ouvrage du vieux Jacques... La gloire serait à moi seul!.. Et il a beau dire, M. Bernard: «Qu'est-ce que ça vous fait qu'on nomme Pierre, Paul, ou Jacques?» J'aime tout autant, moi, qu'on nomme Jacques que Paul... Mon cher opéra!... Quel espoir enivrant!... Oh! non, non... Je ne veux plus le vendre... Je ne le vendrai pas.

BERNARD, *entrant tout joyeux.* Me voilà, mon cher locataire, me voilà..... j'aime à agir rondement en affaires..... je vous apporte un beau billet de banque, et de plus, la quittance de vos loyers.

JACQUES, *examinant les papiers que lui présente Bernard.* C'est ma foi vrai!..... un billet tout neuf... et la quittance aussi.

BERNARD. Eh bien!.... prenez donc..... tout cela est à vous.

JACQUES. A moi?.... oh! non..... parce que... voyez-vous... j'ai changé d'idée.

BERNARD. Qu'est-ce à dire?

JACQUES. Oui, j'ai changé d'idée..... je ne veux plus.

BERNARD. Ah ça !... c'est une plaisanterie ?... c'était une chose convenue.

JACQUES. Permettez, non... permettez..

BERNARD. Prenez-y garde..... ce serait vous moquer de moi, monsieur Jacques... (*A part.*) Moi, qui ai déjà parlé de l'opéra... (*Haut.*) Réfléchissez à ce que vous allez faire.. vous me devez quatre termes.

JACQUES. Je ne le nie pas.

BERNARD. Je puis vous mettre à la porte.

JACQUES. C'est vrai.

BERNARD. Faire saisir vos meubles... . faire tout vendre chez vous.

JACQUES. C'est encore vrai..... mais me séparer de mon opéra, voyez-vous, ça me coûterait trop... c'est impossible... si vous me chassez... eh bien ! j'irai ailleurs.... je ne me plaindrai pas, pourvu qu'il me reste mon opéra et mon piano pour l'exécuter.

BERNARD. Votre piano !.. votre piano !.. mais je le ferai vendre comme le reste, votre piano.

JACQUES, *dans la plus vive agitation.* Vous ferez vendre mon piano... (*Il court à l'instrument.*) Qu'avez-vous dit là ?.... oh ! mais, vous ne savez donc pas tout ce que vous voulez m'enlever?... vous ne savez donc pas que, depuis dix ans, il m'a fait supporter tout ce que la misère a de plus hideux ?... la faim !... oui, monsieur... la faim !..... cela vous étonne, vous qui avez le superflu, qu'un pauvre musicien manque souvent du nécessaire..... cela vous étonne..... et pourtant je n'ai pas été vous demander l'aumône, moi..... parce que je trouvais là, à cette place, l'oubli de mes souffrances... c'est mon piano peut-être que je dois d'être vivant encore... et vous voulez le faire vendre !... oh ! non, non... vous ne le ferez pas... au malheureux que l'on dépouille, la loi ordonne qu'on laisse au moins son lit..... eh bien ! faites vendre mon lit ; mais laissez-moi mon piano..... car voyez-vous, jamais..... on ne pourra m'en priver de mon piano... qu'ils viennent donc vos gens de justice, qu'ils viennent !..... je suis vieux et faible ; mais Dieu me donnera la force de les chasser tous.... ou bien, si je ne le puis.... je me placerai entre eux et mon cher piano... et nous verrons, nous verrons !!... je vous en avertis..... il faudra qu'ils me tuent, avant de me l'enlever..... il faudra qu'ils me tuent !!!..... ils me tueront !!!...,. (*Jacques accablé s'appuie sur son piano..... bientôt il se relève, presse sa tête entre ses mains, et sa physionomie prend un air égaré.*). Ah ! mon Dieu !.. qu'ai-je donc ?.. quoi? Palerme ?..

vous croyez !... bien vrai ?... oui... oui !.... hein ?..... que dites-vous ?..... mon chœur final ?...

BERNARD. Allons, voilà sa tête...

JACQUES, *riant.* Je le tiens !..... je le tiens...

(Il chante.)

Amis, célébrons sa victoire.

(Il écoute attentivement. L'orchestre joue très-piano le motif précédent.)

C'est un navire qui glisse sur les eaux.. fuis, mon cher Jacques..... (*Il court à sa petite fenêtre.*) Oui, oui, c'est un navire... enfin !... je vais donc la voir !... la presser sur mon cœur..... (*Il court à Bernard, et lui baisant la main.*) Mon cher ami, mon bienfaiteur... c'est vous... c'est vous qui la ramenez.. que de reconnaissance !... mais... courons, courons vite..... ne la faisons pas attendre..... car on pourrait me l'enlever encore... vite... vite... vite.

(Il sort précipitamment.)

SCENE XII.

BERNARD, puis MARCEL.

BERNARD, *seul.* Est-il possible !... est-il possible !..... eh bien ! parlez donc d'affaires à un pareil homme !..... vous croyez qu'il vous écoute... brrrrr..... votre serviteur de tout mon cœur..... la tête n'y est plus... il divague.... il se promène dans les nuages.. oh ! n'importe, j'aurai son opéra ; il me le faut.. ma réputation en a besoin.. (*Regardant par la fenêtre.*) Il est déjà en bas..... allons, bon ! il coudoie tout le monde.... le voilà sur le port.... il interroge les matelots, les passagers...

MARCEL, *apportant un habit.* Tenez, mon ami, voilà... (*A part.*) Encore le propriétaire... (*Haut.*) Où donc est M. Jacques ? je lui apportais...

BERNARD, *refermant la fenêtre.* De l'argent ?

MARCEL. Non... un habit dont il a besoin.

(Il le pose sur une chaise.)

BERNARD. C'est que je vous avertis, mon cher, que je suis las de loger les gens sans être payé..... M. Jacques vient de se jouer de moi..... et aujourd'hui même..... je le mets à la porte.

MARCEL. A la porte !

BERNARD. Et demain, je ferai vendre toutes ces vieilleries.... afin de ne pas tout perdre.

MARCEL. Oh ! ce n'est pas possible, monsieur Bernard... je vous crois incapable d'une pareille action.

de ne pas vous rencontrer plus tard, je suis sortie sans déjeuner.

JACQUES. Il serait possible !..... vous auriez oublié de déjeuner... oh ! ce n'est pas raisonnable... car cela fait mal... cela fait quelquefois bien mal. Il ne faut jamais sortir, sans déjeuner... c'est mon système.

AMÉLIE. Aussi, ai-je pris la liberté de le faire apporter ici... chez vous.

JACQUES. En effet... je voyais là... une personne...

AMÉLIE. J'espère que vous m'excuserez, et que vous serez assez bon pour me tenir compagnie.

JACQUES, *embarrassé.* Madame !...

AMÉLIE. Nous causerons de ce qui m'amène, en déjeunant.

ANTOINE, *qui a mis le couvert.* J'ai fait le mieux que j'ai pu.

AMÉLIE. C'est bien, approchez cette table.

JACQUES. Je vais moi-même...

ANTOINE. Non, monsieur..... cela me regarde... laissez-moi faire.

JACQUES. Mon Dieu, madame, je suis confus... (*A part.*) Et être aussi mal mis ! (Il relève bien vite un de ses bas qui plissait et rattache la boucle de sa culotte au-dessus du genou, quand Amélie a la tête tournée. Antoine a placé la table sur le devant à gauche, et a mis le couvert. Cela doit se faire très-vite.)

ANTOINE, *à Amélie.* Tout est prêt.

AMÉLIE. C'est bien... laissez-nous... mon bon Antoine. (*Antoine sort. A Jacques.*) Veuillez vous asseoir.

JACQUES. Volontiers. (*Il s'asseoit à la droite d'Amélie.*) C'est pour vous obéir... car j'ai déjà pris un à-compte, et je ne suis pas d'un grand appétit. (*Il regarde la table avec avidité. Amélie le sert, et mange un peu pour l'enhardir.*) Grand merci !... (*A part.*) Si ce pauvre Marcel était là... il déjeunerait aussi... avec ça qu'il adore le pâté... il n'aura pas l'esprit de deviner ça... (*Il mange très-vite. Amélie lui verse à boire.*) Vous êtes trop bonne... (*A part.*) Du vin !..... qu'il y a long-tems que je n'en ai goûté ! (*Il boit. Haut.*) Du vin ! Je vous avoue qu'il n'y en a pas tous les jours sur ma table !... les affaires vont si doucement.

AMÉLIE. Et jusqu'à ce jour, vous n'avez donc pas cherché à améliorer votre position ?

JACQUES. Je vous demande bien pardon.. mais je vais vous dire..... quand je me présentais pour avoir des élèves... on m'avait adressé dans quelques maisons, on me répondait : *Vous êtes trop vieux,*

mon *brave homme.* Moi je me dis : il paraît que je ne suis plus bon à rien... alors, je me suis présenté dans une maison de bienfaisance pour les vieillards... mais là, on m'a répondu : *Mon brave homme, vous êtes trop jeune.* Je suis d'un âge très-embarrassant.

AMÉLIE. Permettez que je vous serve encore.

JACQUES, *tendant son assiette.* C'est pour ne pas vous refuser... merci bien... maintenant ; madame, puis-je savoir ce qui m'a procuré l'honneur de votre visite?... il me serait bien doux de pouvoir vous être agréable.

AMÉLIE. Je vais satisfaire votre curiosité. (*A part.*) Mon Dieu !... comment lui apprendre ?.... ah ! les plus grands ménagemens... (*Jacques prête la plus grande attention. Haut.*) Je suis tout-à-fait étrangère en ces lieux... des motifs puissans m'ont amenée en France, et il y a deux mois seulement que j'ai quitté l'Italie.

JACQUES, *faisant un mouvement.* L'Italie!.. vous venez d'Italie ?

AMÉLIE, *avec calme.* Cela n'est-il pas fort ordinaire ?

JACQUES. C'est vrai... pardonnez-moi... mais des souvenirs...

AMÉLIE. Dès mon plus jeune âge, la musique fut pour moi une passion dominante... Cet art devint l'occupation de tous mes instans... pleine d'admiration pour nos grands compositeurs, je cherchai à m'inspirer de leur génie ; et pour marcher sur leurs traces, je me livrai avec ardeur à la composition... je m'entourai de maîtres distingués, et je luttai courageusement contre les obstacles .. je faisais des progrès assez rapides, lorsqu'il me fallut quitter mes études, et venir en France...Ce matin, le hasard m'a conduite chez vous... quelques morceaux de musique que j'ai aperçus sur votre piano, et les éloges qu'on m'a faits de vous, m'ont donné la plus haute idée de votre mérite.

JACQUES. C'est trop d'indulgence... et vous êtes venue sans doute pour chercher des conseils près de moi ?

AMÉLIE. C'est-à-dire, pour prendre des leçons.

JACQUES, *la considérant avec une grande attention.* Des leçons... oh ! oui... dans un autre tems, j'ai aussi donné des leçons... (*Il la fixe de nouveau, puis se calme.*) Ah ! qu'il me sera agréable de vous guider de mon expérience, et de mon faible talent... je ne sais pourquoi... mais votre présence me cause un bonheur que je ne puis définir... je me sens bien auprès de vous.....

oh! je veux faire de vous une élève dis-
tinguée.... (*Rapprochant sa chaise, et avec
familiarité.*) Dites-moi... sans doute, vous
avez déjà composé plusieurs morceaux.

AMÉLIE. Je n'ai encore osé m'essayer
que dans de simples barcaroles... j'ai fait
aussi quelques romances... une surtout...
et si je ne craignais d'abuser de vos
instans...

JACQUES. Comment donc... mais ce sera
pour moi un bien grand plaisir, au contraire... je regrette seulement que mon
piano ne soit pas meilleur.

(Ils se lèvent.)

AMÉLIE, *s'asseyant devant le piano.* Il
me faudra de l'indulgence.

JACQUES. Je suis sûr du contraire...
êtes-vous bien comme cela?... D'ailleurs,
pour ne pas vous intimider, je vais me
mettre un peu loin... (*Il s'asseoit près de
la table, un peu loin du piano.*) Je vous
écoute.

AMÉLIE, *à part.* Allons.... (*Haut.*) Le
sujet de la romance est tiré d'un événe-
ment... arrivé... en... Sicile.
(Amélie doit suivre tous les mouvemens de Jacques.)

JACQUES *agité, et se levant.* En Sicile!...
(*Se calmant.*) Ah! c'est en Sicile que cela
est arrivé.

(Il se lève et va s'asseoir plus près du piano.)

AMÉLIE. Je commence.

AIR : *Nanna m'appelle.*)

(Musique de M. Lagoanère.)

Fille riche aimait tendrement,
Jeune homme pauvre, au cœur brûlant,
Près de Palerme.

JACQUES, *étonné.*

Près de Palerme!

AMÉLIE, *continuant.*

Ils veulent fuir... on suit leurs pas;
On les saisit... l'amant, hélas!
On le renferme.

JACQUES, *se levant tout-à-coup.*

On le renferme!

AMÉLIE, *continuant.*

(Jacques se rassied doucement.)

Rassurez-vous, quoique l'orage
Gronde avec rage
A l'horizon,
On vous surveille;
Mais l'amour veille,
Mais l'amour veille,
Sur la prison.

JACQUES, *agité et fixant Amélie.* Cette
romance...

AMÉLIE. Le second couplet.

Même air.

L'amant gémissait; mais un soir,
Près de lui dans son cachot noir
Quelqu'un pénètre.

JACQUES, *dont l'émotion augmente de plus en plus.*

Quelqu'un pénètre!

(*Il fixe de nouveau Amélie pendant les vers sui-
vans, et cela, dans la plus grande agitation.*)

AMÉLIE, *continuant.*

Qui lui dit : Espérez encor,
Fuyez, fuyez... prenez cet or...
Puis cette lettre.

JACQUES, *avec exaltation, l'interrompant et l'empêchant d'achever l'air. Saisis-
sant les bras d'Amélie qu'il fait lever et
passer à sa droite.* Puis cette lettre!...
cette lettre!.. (*Il tire la petite lettre de son
sein.*) « Pars, fuis, mon cher Jacques,
je volerai sur tes traces aussitôt que je
pourrai... bientôt nous nous reverrons. »
Cette lettre! tenez, la voilà... la voilà! Cette
histoire... c'est la mienne!.. Le prisonnier,
c'est moi!.. Cette femme c'est Mariana...
Vous le saviez... vous le saviez... Oh!
madame, parlez, parlez... car c'est Mariana qui vous envoie, n'est-ce pas?..
C'est elle qui vous a dit d'aller consoler
le pauvre Jacques... et, sans doute, elle
va venir... Oh! dites-moi, dites-moi
qu'elle viendra... Elle me l'a promis.
(*Lui montrant la lettre.*) « Je volerai
sur tes traces, aussitôt que je pourrai. » Oh! parlez... Vous ne répondez
pas... vous détournez les yeux... (*D'un
air consterné.*) Ah! pourquoi donc ne
répondez-vous pas?... Je tremble... voyez
comme je tremble... par pitié... un mot..
un seul mot... quand reviendra-t-elle?..
quand la reverrai-je?

AMÉLIE, *avec crainte.* Appelez tout votre
courage.

JACQUES. Du courage!... du courage!..
mais je suis calme, j'en ai, du courage...
Quand la reverrai-je?

AMÉLIE. Jamais! jamais maintenant...

JACQUES. Jamais!... ô mon Dieu!...
jamais!... Elle est donc?.. (*Il fixe Amélie
qui essuie une larme et va lui répondre. Avec
force, lui mettant la main sur la bouche.*)
Ah! taisez-vous.. ne me le dites pas?..(*Il est
accablé et s'appuie chancelant sur le piano.*)
Morte?.. morte!.. (*Sa tête tombe sur sa
poitrine. Son égarement revient tout-à-coup,
il cherche autour de lui.*) Oh! qu'est-ce
donc?...

(Il semble entendre quelque chose et fait signe à
Amélie de se taire.)

AIR : *Prêt à partir pour la rive africaine.*

(*Très-lentement et très-bas.*)

Chut! écoutez... oui, c'est un bruit de cloches,
Là-bas... là-bas... entendez-vous gémir?
C'est un cortége... il s'avance... il approche...
Chut!.. taisez-vous... quelqu'un vient de mourir.

(*Il croise ses mains et prie.*)

AMÉLIE. Je vous en supplie, calmez-vous... Écoutez-moi.

JACQUES, *revenant à lui et passant à gauche du théâtre. Avec désespoir.*
Même air.
Non... laissez-moi... c'est mon heure dernière...
Mariana ne doit plus revenir.
Puisqu'ici-bas il n'a plus rien à faire
Le pauvre Jacque à présent peut mourir.
(*Il pleure dans ses mains.*)

AMÉLIE, *à part.* A-t-il encore la force de m'entendre?.. Sa raison résistera-t-elle à cette secousse?
(*Elle s'approche de Jacques qui revient à lui.*)

JACQUES. Morte!.. sans avoir cherché à me revoir... Moi! pauvre insensé, qui comptais sur ses promesses...
(*Il déchire la lettre en deux morceaux qu'il jette à terre.*)

AMÉLIE. Ah! ne l'accusez pas, pour vous elle eût tout abandonné... sa fortune, son rang, sa patrie... Mais après votre fuite, elle fut gardée à vue... et sa vie s'écoula dans les larmes.

JACQUES. Elle chercha à me revoir... Vous dites vrai, n'est-ce pas?... (*Il ramasse les morceaux de la lettre et les serre dans sa poitrine.*) Ah! tant mieux... Pardon à sa mémoire!.. Si elle n'est pas venue, c'est son père qui l'a retenue! Pauvre Mariana!.. Elle fut donc bien malheureuse?

AMÉLIE. Oh! oui, bien malheureuse... car quelques mois après votre fuite, elle était parvenue, à force de soins et de persévérance, à gagner tous les gens du comte... Le jour de son départ était fixé... elle allait accourir près de vous... rien ne pouvait plus mettre obstacle à ses projets.

JACQUES. Qui donc a pu l'arrêter?

AMÉLIE. Elle allait devenir mère.

JACQUES, *fortement.* Oh! mon Dieu!...

AMÉLIE. Peu après, elle mit au monde une fille.

JACQUES. Une fille!...

AMÉLIE. Mais hélas!.. elle mourut en donnant le premier baiser à son enfant.

JACQUES, *les yeux fixés sur Amélie.* Et cette fille... cette fille!..

AMÉLIE. Dès qu'elle fut en âge de connaître l'histoire de sa naissance... un fidèle serviteur lui remit une lettre que sa malheureuse mère avait tracée avant de mourir... Cette lettre lui imposait le saint devoir de partir, de passer la mer, pour retrouver l'auteur de ses jours.

JACQUES, *chancelant et fixant toujours Amélie.* Où est-elle?.. où est-elle?... Oh! je ne me soutiens plus... par grâce... répondez... où est-elle?.. où est ma fille?., mon enfant?
(*Il se laisse aller sur une chaise.*)

AMÉLIE. Mon père...
(*Elle tombe aux genoux de Jacques.*)

JACQUES, *prenant dans ses mains la tête d'Amélie et la couvrant de baisers.*) C'est vous... c'est toi... Oh! oui, c'est bien toi!.. Mon cœur ne me trompait donc point... ma fille!.. ma fille!...
(*Il la presse dans ses bras.*)
Air *précédent.*
Viens donc plus près, enfant, comme tu trembles,
C'est de bonheur, n'est-ce pas?.. de plaisir?
(*Il la regarde avec joie.*)
Si tu savais comme tu lui ressembles!
Oh! maintenant, je ne veux plus mourir.
(*Il l'embrasse en riant et pleurant tout à la fois.*)

AMÉLIE. Mon père!... remettez-vous... tant d'émotions.

JACQUES, *relevant Amélie.* Oh! va... ce ne sera rien... laisse-moi pleurer... maintenant, c'est la joie... c'est le bonheur!.. Ma fille... mon enfant, à moi!.. Comme elle est grande!.. comme elle est belle!.. Oh! si c'était encore une illusion... un de ces rêves de mon imagination... Ma pauvre tête est si faible. (*Avec frayeur.*) Je ne déraisonne pas? je ne suis pas fou,... n'est-ce pas?

AMÉLIE. Non, non..... rassurez-vous, mon père... C'est bien votre enfant que vous pressez dans vos bras... votre enfant qui ne vous quittera plus, vous consolera de vos chagrins...... vous fera oublier vos malheurs.

JACQUES, *très-lentement.* Oui..... Oh! nous parlerons d'elle...

AMÉLIE. Et maintenant, plus de privations... plus de pauvreté..... Seule héritière du comte, je suis riche... que dis-je?... vous êtes riche, mon père.

JACQUES. Riche!... ça se pourrait!.... Eh bien! tant mieux... pas pour moi... il me faut si peu... mais pour celui qui m'a soutenu de ses faibles moyens..... qui a souffert avec moi... Bon Marcel..... Ah! ma fille, tu ne sais pas... Quelle générosité! quelle belle âme!... un fils n'aurait pas fait plus. Comme il va être étonné!.. On vient... c'est lui, sans doute.

SCÈNE XVI.
BERNARD, JACQUES, AMÉLIE.

BERNARD, *une lettre à la main.* Mon cher monsieur Jacques.... j'accours pour vous dire....

JACQUES, *avec un petit air de fierté.* Qu'il me faut quitter votre logement..... C'est bon! on le quittera, votre logement.

BERNARD. Vous ne me comprenez pas... Je viens, au contraire, vous prévenir que vous pouvez y rester à présent, je suis payé.

JACQUES. Vous êtes payé?
(Il regarde Amélie qui indique qu'elle ignore tout.)

BERNARD. Tenez.... cette lettre que je viens de recevoir vous instruira...

JACQUES prend la lettre et lit. « Mon » cher monsieur Marcel, vous trouverez » ci-joint un mandat de quatre cents francs, » que vous pourrez toucher chez mon » homme d'affaires. Signé GEORGET, capi- » taine du vaisseau le Commerce.

» Passé à l'ordre de M. Bernard qui » donnera quittance des loyers dus par » M. Jacques, et lui remettra le surplus de » la somme. »

Cher Marcel!.... toujours le même.... Quelle joie de lui apprendre!.. Oh! pour le coup... c'est bien lui!

SCENE XVII.

LES PRÉCÉDENS, MARCEL, en costume de marin, casquette de cuir, etc.

JACQUES, courant à lui et l'embrassant tendrement. Mon ami, que je t'embrasse!

MARCEL. Volontiers.. (A part.) Elle est encore là!

JACQUES. Ce que tu as fait.... cet ar- gent..... oh! ça ne m'étonne pas de ta part..... mais c'est inutile, mon ami..... Grâce à cet ange, je n'ai plus besoin de rien... tiens, regarde. (Lui montrant Amé- lie.) Cette belle dame, cette inconnue dont tu me parlais tant... c'est ma fille, c'est mon enfant... c'est ma fille!

MARCEL. Que dit-il?..... Il serait pos- sible!

BERNARD. Sa fille!... Allons!.. le voilà qui redevient fou.

AMÉLIE, serrant la main de Jacques. Non, monsieur, il dit vrai.

BERNARD. Sa fille!

JACQUES. Oui sa fille.... sa belle fille! (A Marcel.) Tu l'entends. Que nous allons être heureux tous les trois!

MARCEL. Tous les trois!... Non.... ça ne se peut plus.

JACQUES. Comment, ça ne se peut plus? Eh! mais... je n'avais pas remarqué...... Marcel, qu'est-ce que c'est que ce costu- me-là, hein?.... Je ne vous connaissais pas cette veste-là... Il y a des ancres sur les boutons!... oh! je devine..... tu veux partir... Ah! Marcel! je n'aurais jamais cru ça de toi... partir!... Eh! que m'im- portait la misère avec toi?... Si M. Ber- nard m'eût chassé...

BERNARD. Oh! vous pouvez croire...

JACQUES. Vous vouliez bien faire ven- dre mon piano. (A Marcel.) Est-ce que tu

n'étais pas là, toi, pour me recueillir dans ta petite chambre?

MARCEL. Puisque vous savez tout, lais- sez-moi... Plus que jamais, maintenant, il faut que je m'éloigne.. Vous êtes riche, heureux, je n'ai plus rien à faire ici.

JACQUES. Ah! c'est parce qu'à mon tour, je puis te rendre un peu du bien que tu m'as fait, que tu veux t'éloigner, égoïste! Ah! tu n'as rien à faire ici... Eh bien! quand je serai tout-à-fait vieux, moi...... et que je ne pourrai plus mar- cher... qui est-ce donc qui me soutien- dra... hein? Est-ce qu'elle aura la force, cette chère enfant? De ce bras (montrant son bras gauche) je m'appuierai bien sur elle... mais cet autre.... cet autre.... qui donc viendra le prendre?... Ah! tu n'as plus rien à faire ici!...

AMÉLIE. Monsieur Marcel..... (Marcel fait un mouvement.) nous verrons votre ca- pitaine.... vous n'échapperez pas à notre reconnaissance. (Elle lui tend la main.) Vous ne partirez pas, n'est-il pas vrai?

MARCEL, allant prendre l'autre bras de Jacques, et serrant la main d'Amélie. Ah! mademoiselle... si vous l'ordonnez.

JACQUES. Voyez-vous ça..... comme il est obéissant avec elle! Ah! mais, c'est juste... je me rappelle... (Marcel lui remue le bras pour le faire taire.) Eh bien... c'est bon, c'est bon... non, je ne dirai rien.... mais plus tard, nous en causerons.... Oh! mon Dieu! que je suis donc heureux! (A Bernard, en tenant toujours le bras de Mar- cel et celui d'Amélie.) Monsieur Bernard, vous voyez... je ne puis plus vous ven- dre mon opéra... je pourrai le faire repré- senter; car moi aussi je suis riche. (Re- gardant Amélie et Marcel.) Oh! oui, bien riche! .... et maintenant.... oh! mainte- nant... il n'y a plus de pauvre Jacques.

CHŒUR.
AIR : Gentille Moscovite. (De Lestocq.)
Plus d'ennuis, d'infortune,
Après tant de douleur,
La tristesse importune
A fait place au bonheur.

JACQUES, au public.
AIR de Préville et Taconnet.
Quand aujourd'hui tout comble mes souhaits,
Je crois rêver... je crois entendre dire :
Bravo!.. très-bien... nous sommes satisfaits!
Et de tous les côtés chacun semble sourire.
Mais... par malheur.. et c'est là mon effroi,
Souvent ma tête et s'égare et s'oublie...
Suis-je en délire?.. ah! messieurs, prouvez-moi
Que mon espoir n'est point de la folie. (bis.)

REPRISE DU CHŒUR.
Plus d'ennuis, d'infortune,
Après, etc.

FIN.

IMPRIMERIE DE DONDEY-DUPRÉ, RUE SAINT-LOUIS, Nº 46, AU MARAIS.

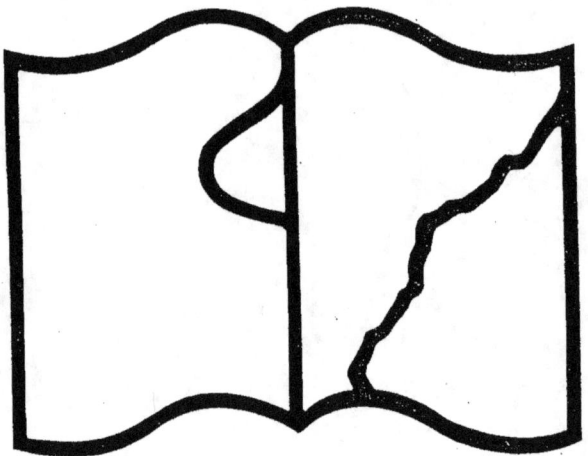

Texte détérioré — reliure défectueuse

NF Z 43-120-11